한 길에 서서

한 길에 서서

지현경 제3시집

대양미디어

한 길에 서서

오직 한 길 뿐이었다
살고자 하면 죽는다 했는데
그것은 욕심이었다

마음을 비워두고 오직 한 길을 걸었다
정직하고 바른 길이었다
외로워도 걷고 서러워도 걸었다
온갖 괄시를 바보처럼 맞으며 걸었다

갈라진 길바닥도 고치면서 걸었다
이것이 내가 사는 갈 길이었다

먼 곳에서 하나둘씩 빛이 보였다
어둠 속에서도 밝은 빛에서도 손짓을 하였다
길 위에 세워두면 밤이슬 찾아오고
새벽길에 나가 허리 굽히면 별이 일으켜 세웠다

주어진 일이 주어진 목숨이었다
편한 길도 마다하고 오직 한 길을 걸었다
그 길이 밝은 길이었다

쉬지 않고 달려가니 검은 손도 달아나 버렸다
거친 운명 길에서도 나의 이마를 닦아주었다

살다보면 가까운 곳에서 달콤한 유혹이 부르고
돌아서면 아픔으로 돌아서왔다

세상은 믿을 것이 없었다
인연 따라 손짓할 때는 멀리할 수가 없었다

경험도 없었다
객지의 슬픔이었다

세월 가니 걸어온 길이 나의 선생님이 되어주었다
울어도 걷고 웃어도 걷고 괴로워도 걸었다
이것이 인생길이 아닌가

먼 길 다와 가니 쉬엄쉬엄 걸어간다
곧은길 걸으면 편하고
욕심 버리면 가볍고
담아둔 것 나누면 기쁨이라

한 길에 서서 그 자리가 극락이요 천국이 아닌가!

2019년 4월
제3시집을 내면서
지현경

차 례

제1부
욕심의
주머니

못난 친구·1

삶의 길목에서 만난 친구
인연의 끈을 소중히 맞잡아
서로가 아끼고 존중하며
흠결 없이 지내왔는데

칠십 고개를 넘으면서부터
거친 말의 주인공이 되었지
감싸고 다듬어도 어쩔 수 없어
나누던 이야기도 마감해버렸다

푸르고 향기롭던 수목이
벌레 먹은 고목으로 허물어지듯
친구와의 인연도 그러한 것인가
옥에 티가 돼버린 못난 친구.

못난 친구·2

자네와 함께했던 날들은
나누는 이야기들이 삶이었고
삶이 모두 이야기였다
주고받는 대화가 인생이었고
아름다운 우정이었지

배고프면 나눠먹고
힘이 들면 잡아주고
어려우면 도와주었지

3개 중에 2개는 너의 것으로
서로가 서로를 생각했었지
우리는 그렇게 지내왔으니
그 마음 잊지 말고 살아가세.

귀를 열어라

풍랑만 같은 소리 공해에
표류하며 살아가는 우리들
이 말도 옳고 저 말도 맞다니
진실한 말을 고르기가 어려워
귀를 막고 살자니 머리가 무겁다

참말만 같이 들리는 말도
어찌 보면 거짓만 같으니
눈으로 보면서 생각해 봐도
진위를 가려내기가 참 어렵다

대통령도 거짓말이 많은데
이름 없는 민초들이야 어쩌랴
진실만을 들을 귀를 열어라.

기 도

욕심 없이 순리대로 살고 보니
하나 둘 새로운 길이 열렸다
구민을 위해 봉사하라
노인네의 건강생활을 도와줘라
곳곳에서 부르는 손길이 뻗어왔다

일터를 주면 열심히 하겠다
구민들을 위해서 봉사 하겠다
깨끗한 행정 펴나가겠다
청렴한 구청장으로 이름을 남기겠다

6.13지방선거에서
구청장으로 당선시켜주면
열심히 봉사하겠다는 결심으로
나는 내 자신을 위해 기도했다.

＊ 강서구청장예비후보 서울시 더불어민주당에 등록해 두고

양 자

세상에 태어나서 버려진 뒤에
이역만리 타국으로 입양을 가서
양부모 만나 행복한 삶을 누린다

부모와 자식 간은 억겁의 선연인데
어찌하여 친부모가 악연이 되는 건가
낳은 정을 모르는 양부모의 귀한 사랑

낳은 정은 피라하고 기른 정은 사랑이라
피는 물보다 더 진하다고 하지만
길러주신 사랑이 피보다 더 진하다.

지현경 왕 촌놈 정착지

1967년 8월 17일 처음 정착했던
서울시 중구 예관동을 찾았다
51년 만에 와보니 기억들이 새롭다
강서에서 전철타고 35분 거리인데
거기까지 오는데 51년이나 걸렸다

사무실에서 50m 지근거리에 있는
중구청을 바라보며 2년간 살던 곳
길은 그대로인데 건물들은 새로 짓고
상점들은 모두가 낯이 설게 변했다

배가 고파 중부시장 찾아가서
한 그릇에 30원짜리 수제비를 사먹었던
그 자리에 할머니는 만날 수 없고
젊은 여인네가 손님을 기다리고 있다
철근 상차하다가도 트럭 부르는 시간에
지게꾼들 틈에서 국수 사먹던 기억과
듬성듬성 옛 모습도 조금씩 남아있어
앞뒤골목을 여기저기 돌아보니

그 때의 사람들은 볼 수가 없구나

내가 일하던 자리는 새 건물이 들어섰고
옆집 대서방 사법서사는
아직도 그 자리를 지키고 있구나
간장공장 그 아저씨 10원 놓고
한 되 담아가도 얼굴 한번 변하지 않았다

짜디 짠 왜간장에 마가린 섞어 비벼먹고
황달이 걸려서 고생했던 그날들이
내 가슴을 때린다

추억이란 놈은 이렇게도
오늘 내 마음을 들쑤셔놓으며
뜨거운 눈물을 부르는구나

소악후월

유유히 흐르는 한강물이
천년을 소리 없이 강서구를 지난다
애환도 수난도 말없이 바라보면서
소악루를 감돌아 유유히 흘러간다

백성들은 끼니를 걱정하는데
임금은 향락에 눈이 멀고
신하들은 가렴주구에 빠져있었지

세월은 흘러흘러 지금은 2019년
소악루에 뜨는 달은 무슨 생각할까
총칼은 녹이 슬고 촛불이 태운 산하
소악후월의 강구연월을 생각한다.

* 서울 강서구 가양동 한강기슭에

벼 슬

벼슬이라는 놈
함부로 쓰면 썩은 돌이 되고
때를 맞춰 잘 다듬으면
값비싼 옥구슬이 된다

벼슬이란 그릇
오래 쓰면 금이 가고
욕심을 많이 채우면
깨지기 마련이다.

욕심의 주머니

욕심은 고무주머니다
넣을수록 끝없이 늘어난다

욕심은 고무주머니다
찢어지기 전에는 넘침이 없다

지현경의 말꽃

쉼 없이 돌아가는 기계는
절대 녹스는 일이 없다

쉼 없이 흐르는 강물은
이끼가 끼는 일이 없다.

탐 욕

강물이 끝없이 흘러들어도
바닷물은 넘쳐나지 않는다

욕심이 아무리 많아도
탐욕의 주머니는 넘침이 없다.

생명의 신비

죽어가던 만물이 살아나는 봄이다
나무가 꿈틀거리며 소생하고 있다
새 생명이 속삭이며 역사를 만든다

홍매화 줄기마다 웃음이 번진다
꽃을 피우기 위해 일 년을 참아왔다
세상에 빛을 찾아 곱게 핀 매화꽃

해마다 피여서 내 마음을 달랜다
사랑을 주면 웃으며 꽃대를 세우고
고맙다며 예하고 꽃을 피워 답한다.

기다림

봄은 오는데 내 몸은 천근만근이네
돋아나는 새싹들은 얼굴을 뽐내는데
내 몸은 왜 이리도 가라앉는 것일까

양지바른 냇둑에 새로 돋는 질경이
골짝물소리 듣고 서두르는 진달래꽃
나는 이렇게 앉아 무엇을 기다리나

호경빌딩 옥상엔 튤립이 새로 돋고
관산의 매화꽃도 상춘객을 부르는데
기다리는 그 이는 어디만큼 오는 걸가.

  * 호경빌딩 : 필자 사무실 옥상
  * 관산읍 : 내 고향에서 캐온 매화꽃

그리움

어찌 귀하신 님이 감자를 심으십니까
피곤하실 텐데 안부까지 주십니까
잊을 만하면 가곡천 물소리가 들립니다

여름내 친구였던 허수아비는
지금도 그 자리에 잘 있으십니까

제 아무리 틈이 없다 해도
그 사람은 오시지 않고
보내온 진달래 꽃 사진을
님을 보듯 바라봅니다.

* 님 : 강원도 삼척에 사는 이용대 선생님

민 선

2018년 6월 13일 자치단체 선거 날이다
온갖 고난을 겪으면서 지켜온 정당생활
민주당 당명도 사람도 바뀌었다
지방선거에 강서구청장 예비후보 나가니
준비할 자료들이 셀 수 없이 많구나
살다보면 얽히고설킨 일도 많은데
이고 지고 살아온 지난 일을 까밝힌다
준비서류 10여 일 동안 관공서를 쫓으니
나도 모르는 행정자료가 끝이 없었다
지금까지 사고는 몇 번이나 겪었는가
남의 빚은 얼마인지 또박또박 밝힌다
이렇게 까다로운 지방자치 선거다
당선되면 4년 동안 남는 것이 무엇인가?
명예인가 빚인가 공금횡령 사기꾼인가
공직선거 마무리하고 보면
깨끗한 사람 별로 없더라!

남한예술단 초청

희망의 꿈이 평양 하늘을 밝혔다
휴전선 너머에는 적들만 있다 했는데
가보니 우리 형제들이 반겨주었다

따뜻한 남쪽 바람은 봄바람이었다
모든 것을 막아놓았던 철벽이 녹아
철조망에 갇혔던 새싹이 꿈틀거렸다

동포들의 따뜻한 손길이 있었다
감격의 포옹이 서로를 얼싸안았다
남과 북이 하나임을 확인했다.

제2부
시집간
해바라기

마음의 문

더럽게 살면 온갖 병을 다 얻지만
바르게 살면 편하고 행복하지요

욕심만 채우려고 하면 불행하지만
베풀고 살면 기쁨이 함께 합니다

나눔과 베풂의 문을 활짝 열고
몸으로 실천하는 행복을 가지세요.

갈 등

지식은 채워도 채워도 끝이 없고
욕심도 채워도 채워도 한이 없다

지식의 길에는 천사가 안내자고
욕심의 길에는 악마가 기다린다

청빈한 지식 앞에는 빛이 있지만
욕심이 무거우면 어두움이 있다.

향우들에게

눌려 지낸 근성이 아직도 남았는가
호남의 자존심을 내던져 버리고
하수인 몰골로 그 궁상이 무엇인가

시도 때도 가리지 않고 아부나 하니
다 같은 향우로서 보기가 민망하다

어렵고 힘들어도 체통은 지켜야지
아무 때나 손바닥을 비벼댄다면
사람으로서 얼굴이 부끄럽지 않은가.

새벽기도

땅이 진동한다. 생명의 파동이 온다
먼 우주를 향하여 밤이 숨을 고르면
굳어있던 땅이 슬며시 끈을 풀어놓는다

온갖 생명들이 눈을 뜨고 고개를 든다
나노 팸토 아토 젭토 욕토 미립자들도
모두가 하나같이 따라 일어선다

수많은 입자들이 생명의 근원으로
모두를 깨우고 모두를 잠재우며
미지의 세계로 우리를 안내한다.

명 상

일생 일대 한 순간순간이
바람에 날리는 깃털 같구나

바람 따라 떠도는 인생
앉은 곳이 나의 자리구나

손을 모으고 생각 속을 걷는다
숨을 고르니 불빛이 보인다

나는 지금 어디로 가는 것일까!

꿈에 본 친구들

어젯밤 꿈속에서 보았네
모두 만나서
어린 시절을 이야기 했네

춥고 배고팠던 때였지만
그 시절은 즐거운 추억이었네
모두가 그립고 반가운 얼굴이었네

이름이 생각이 나지 않아서
센 머리 주름진 얼굴을 보면서
애야, 재야 하며 옛일을 이야기하니
나도 모르게 눈물이 흘러내렸네

그러다가 친구들은 사라지고
추억들도 주마등처럼 지나가고
눈을 뜨니 나 혼자 뿐이었네
잠인지 꿈인지 몽롱하기만 했네

산다는 것이 이런 것이겠지
결국은 모두가 어디론가 떠나가고
끝내는 나도 혼자 세상을 떠나겠지.

73년만의 반성문

세상은 나를 바라보면서
거짓 없이 살라고 손짓을 한다
어린 날 배가 고파 생감도 따먹고
남의 밭에 들어가 무도 뽑아먹었다
제 아무리 바르게 살려고 해도
배곯는 슬픔 앞에는 어쩌지 못했다

민둥산에 가서 섶나무 한 짐 해지고
산비탈을 내려올 때면 허기가 져서
눈앞이 아물거리고 다리가 덜덜 떨렸지

나뭇짐을 받쳐 세우고 일어서면
눈길은 먹을 것만 찾아 두리번거렸지
남은여생은 그 때를 뒤돌아보면서
깨끗하고 정직하게 살려고 하네.

나락 속의 뉘

나락 속에 뉘를 골라내기는 어렵다
크기도 똑같고 색깔도 똑같다

뉘와 쭉정이 한두 개가
나락의 등급을 떨어뜨리게 되므로
풍로에 부치고 햇볕에 말려 공판하였다

62만 가마 모두가 등외품이 되었다
일 년 농사를 모두다 망쳐버렸다

너무도 허망해서 하는 말이
그놈도 그놈이고 그놈도 그놈이다.

＊ 62만 : 강서구민 숫자

독이 넘친다

부패한 물건이 가득하다
여기저기 썩어서 불어터졌다
부유물에 냄새까지도 지독하다

사람들이 코를 싸쥐고 지나며
빨리 치우라고 하는데도
행정당국은 아무 반응이 없다

썩은 물건과 함께 있으면
다 같이 썩어버리게 된다

구민들은 모두가 아우성인데
구청은 방음벽이 너무 높아
모두가 눈과 귀가 어둡다.

진 동

파장이 굽이쳐서 산과 들을 넘는다
메아리는 언제나 제자리로 돌아온다
하늘보고 침 뱉으면 어디로 가나
내가 쓰던 도구들을 내버렸다가
버려진 자료들을 다시 모은다

힘 있을 때 잘나갈 때 나를 모르고
어제 자란 과일이 영글었어도
발밑에서 썩는 줄을 왜 모르는가
소리가 시끄럽다고 비닐봉지를 싸보지만
동네방네가 너무 시끄러워
개미들까지도 놀란다

6·13지방선거

2018년 6월 13일 지방선거 날이다
4년 주기 들고 나고 주인이 바뀐다

공천도 돈 없이는 못 받는 세상이라
객관적 판단이라고 먼저 탈락시켰다

출마자는 온갖 수단을 동원하여
실천도 못할 거짓공약을 외쳐댄다

어리석은 유권자들은 그 말을 믿고
무조건 표를 찍는 멍텅구리가 된다

당선만 되면 그날부터 왕이 되어
임기 4년 동안 도둑질만 일삼는다

우리의 민주주의가 이런 것이라면
도둑만 살판나는 나라가 되겠다.

대목장(명절 전)

미투가 끝 간 데 없는데
선거철이 돌아왔다고

숨은 돈들이 몰래 나와
식당과 술집이 술렁인다

설대목장 한번에
1년 먹을 것 다 번단다

이름 값 못하네

농부의 땀방울에도 알갱이는 없고
쭉정이가 건방지게 고개를 쳐든다
4년 동안 민심을 살펴할 의원들이
제 욕심 차리기에만 급급하다
뭐했느냐 물어보면 대답을 못한다
16년 동안 그 일을 맡겨줘 봐도
제 가방 채우기에만 급급해져서
보리밥 먹던 사람이 쌀밥에 맛 드니
네 밥 내 밥을 가리지 못 하는구나

중고차 내버리고 신형차 갈아타니
고통 받는 구민들은 안중에도 없고
뻔뻔한 얼굴에 기름기만 번들해져
제 이름값도 못 하는 불쌍한 군상이다

＊ 강서구 공직인

운명길

뿌리가 병이 들면
열매를 얻을 수 없고
전구가 낡았는데
불빛이 어찌 밝으랴

소변은 급한데
배는 떠나니
어찌 강을 건너랴

그대 가는 길에
독사만 우글거린다.

욕 창

한자리 오랜 시간 머무르더니
그대 등에 욕창이 보인다

앞을 보면 멀쩡하나
뒤에서는 시궁창 냄새가 나네
몸과 마음을 바르게 가지라는
올바른 삶의 길을 생각한다

미꾸라지가 좀 잘 되었다고
용처럼 행세하지는 말게나.

시집간 해바라기

시집간 해바라기야
잘 지내고 있겠지?

아침저녁 예쁜 얼굴로
시부모님 문안드리고

언제나 상냥한 태도로
식구들을 기쁘게 해드려라

뜰 안을 밝히는
밝은 해바라기로 살아라.

날품팔이 인생

그 사람이 그 사람이냐고
사람들이 거듭 묻는다
어제는 건달 짓만 했는데
오늘은 사람 같다는 것이다

사람 같지 않다던 사람이
사람다운 사람이 되었으니
그 사람 곁에 사람들이
얼마나 모이느냐고 한다

모인 사람들은 이야기한다
의리도 지조도 있는 사람이고
예의 바르고 정도 많다고

날품팔이 인생으로서
어렵게 살아왔기에
사람의 향기가 더 진하다.

제3부
호수는
청청하늘

심 정

내 마음 둘 곳이 없어
한강을 바라보니
찰랑거리는 물결 위로
기러기 무리들 날아가고
낚시하는 사람들은
물결에 뜬 찌만 바라본다

먼 옛날 강태공은
낚시로 세월을 낚았다는데
나는 조용히 철학을 낚는다.

우리 집 옥상공원

오전 9시가 넘으면
우리 집 옥상공원에
늙은이들이 모여든다
특별한 일이 없어도
만나면 반갑고 할 말도 많다

개구쟁이시절 이야기
시시콜콜하게 사는 이야기
콩이냐 팥이냐를 다시 따져본다

안개처럼 흐려진 기억 속에서
누구가 누구인지 구분도 못하면서
젊은 시절을 뒤적거린다

한나절 주절주절 떠들어도
쓸 만한 말들은 몇 마디나 될까?
가끔은 잡소리에 폭소가 터진다

이렇게 웃고 저렇게 다투고
늙어도 고집은 살아있어
억지 주장도 내세우는
늙은이들의 놀이터 우리 집 옥상.

모깃불 피워놓고

모깃불 피워놓고
달빛을 등불삼아
가족끼리 멍석자리에서
팥죽 먹던 시절이 있었다

시끄러운 세상 이야기와
6·25사변 경험담도
남의 일처럼 이야기하면
달님도 감나무 가지에 앉아
귀 기울여 듣고 있었다.

흙내음에 묻어오는
애잔한 귀뚜라미 소리가
꿈결처럼 들려올 때에는
피워둔 모기불도 사그라져가고
비워진 팥죽그릇만
밤이슬에 젖고 있었다.

하 자

유식하다 보면 잔꾀나 부리고
무식하고 보면 불속에도 뛰어 든다

아는 것이 많으면 걱정이 많고
돈이 많으면 밤잠을 설치게 된다

무식하고 가진 것이 없는 자는
가장 태평스럽게 편안하게 산다.

나이 탓인가

평생 읽고 쓰고 외우면 무엇하나
떠나갈 때는 다 내버려질 것들!

어린 시절의 내 자신은
볼품도 없고 싱싱하지도 못하고
여기저기 성한데 하나 없는데도
아픈 기억들은 남는 게 참 많다

춥고 배고프던 괴로움도
뙤약볕에 일이 힘들었던 적도
싸리광주리를 뒤적이며
상처 난 감자를 골라내듯이
성하지 못한 기억들로 떠오른다
그것마저 가는 세월과 함께
하나 둘씩 내 곁을 떠나고 있으니
이런 것이 나이 탓인가 한다.

오늘은 일요일

발렌타인 31년산에 치즈안주와
상추쌈과 신선한 과일이 있습니다
푸른 하늘과 시원한 바람이며
요염한 야생화가 분단장을 하고
여러분을 기다리고 있습니다

호경빌딩 하늘공원 잔디밭이
실버캠프 자리를 마련했습니다

기다리고 있겠습니다
어서 오세요. 그리운 사람들!

이청우 큰스님

삶의 시간들이 길바닥에 흩어져 있지만
주워 담지 못하고 이렇게 지내면서
가끔 스님을 생각하고 있습니다

언제나 스님의 자비와 사랑이
나에게로 날아와서
희망과 건강을 내려주시니 즐겁습니다

찾아뵙고 문안 올리지 못하여
부처님 전에 죄송한 마음 빌어봅니다

날로 발전해가는
등명 낙가사를 찾을 때마다
청우 스님의 땀방울이
영글어 가고 있는 것만 같아
기쁜 마음으로 축하드립니다

등명 낙가사의 큰 등불을 켜주시는
청우 스님의 자비심을 기리며

그동안 함께 하신 법우들과
낙가사 불자가족 여러분들께도
항상 기쁨과 행복이 넘치기를
기도드립니다. 감사합니다

옛 친구들

양주향이 날아와서 콧속을 간질이며
30년산 발렌타인이 모두를 유혹하니
둘러앉은 친구들이 양주 향에 취한다

친구들은 모두 양주 마니아들이라
한두 병으로는 양이 차지 않다가
세 병이 넘어가면 고향을 찾는다
고향생각을 하면 모두 아이가 된다

나무껍질을 벗기고 풀뿌릴 캐도
주린 배를 채울 길이 없던 시절
굶어죽지 않으려고 고향을 버리고
무작정 서울로 향했던 날을 생각하면
언제나 눈물에 젖어서 안개속이다
외로운 객향에서 굶주리던 나날
싸구려 막걸리와 멸치대가리로
향수를 달래던 때를 생각하면
내가 나를 믿을 수가 없구나.

내가 사는 땅

바람과 구름이 지나가며
눈비를 내려 땅바닥을 적신다
태초에 땅이 흔들려 나뉘어져서
낮은 곳은 강이고 높은 곳은 산이니
내가 사는 한강과 우장산이네

김포들 바라보는 소머리 수명산을
외발산동이라 이름하고
엎드려 있는 황소 발아래
우리가 이렇게 살고 있다네

긴 긴 가뭄 갈수기에
고을 사또님이 산에 올라
비를 내려달라고 기우제를 지내면
주룩주룩 비가 내려서
우장을 쓰고 내려왔다는 우장산

산도 들도 동하여 그 정기로
우리를 살게 해주는 땅
우리가 받들어 잘 보존하세.

가요무대

바쁘다는 핑계로 잊고 있다가
월요일 밤 가요무대를 보니
가수도 노래도 바뀌어버렸다

정들었던 가수와 따라 불렀던 노래는
모두 어디로 가서 어떻게 되었나
비내리는 고모령은 한소절만 들어도
늙으신 부모님이 그리워서
눈물이 옷깃을 적셔 내렸는데

헐벗고 굶주렸던 시절에는
아픔도 슬픔도 괴로움도
노래를 따라 부르며 한을 풀었는데
그 시절이 가니 가수도 노래도
모두 가버리고 나만 남았구나

월요일 밤 가요무대는
신식 유행가와 춤으로 바뀌어도
지난날들을 생각나게 해서
가만히 눈시울을 적시게 하는구나.

너와 나 사이도

시간은 볼 수 없어도
소리 없이 가고 있다
비트코인과도 같은 것이다

순간마다 일은 이루어지는데
있다고 하지만 형체는 없어
시간은 말도 없이 가버린다

절삭해버리면 시원하겠지만
잘못해버리면 되돌릴 수 없다
너와 나 사이도 그렇게 산다.

잎새주 사랑

비가 오나 눈이 오나
내 사랑 잎새주일세

마실수록 맛이 그만이니
천하에 잎새주가 아닌가

일하며 마시고 놀면서 마시고
밖에서도 마시고 집에서도 마시고
서민들 모두가 정으로 마시네

기뻐서 마시고 슬퍼도 마시고
이슬저술 많이 마셔 봐도
잎새주가 잎새처럼 사랑이 가네.

어쩔 수 없이

비가 오나 눈이 오나
타향살이 52년 세월

의지할 곳 없이
서러운 한 평생이었네

떠나온 고향 갈 수 없고
하던 일 멈출 수 없어
앞만 보고 살아왔네

왜 사느냐고 묻는다면
어쩔 수 없이 살아왔네.

내가 마시는 물은

빗물이 길바닥을 흐른다
자동차바퀴를 닦아주고
사람의 신발을 씻어서
구저분한 기름먼지 흙탕물

빗물이 하수구를 흘러간다
집안의 온갖 구정물과
공장과 병원과 쓰레기장의
갖가지 오물들을 모두 씻어서
함께 흘러가는 더러운 하수물

그것이 구름이 되고 비가 되고
다시 수돗물이 되어 돌아와서
지금 내 식탁 위에 올라왔다

내가 마시는 한 컵의 물은
집안에서 흘려보낸 청소물과
마을의 온갖 쓰레기 구정물이
모습을 바꾸어 찾아온 것이다.

조조축구반

봄비가 내린 뒤에는
하늘이 한결 푸르고,

햇빛이 숲을 비추니
나무들이 춤을 춘다

나무가 팔을 뻗치니
수명산이 키를 높이고

축구공이 구르니
사람들이 신나게 뛴다.

하늘정원에서

우리 빌딩 옥상 하늘정원에서는
김포들이 한 눈에 내려다보인다

하늘에는 흰 구름이 달음질치는데
들판의 농부들은 모심기에 바쁘다

오신 손님과 소주잔을 높이 들고
목소리를 가다듬어 시를 읊으니

들판에서 모심는 농부들의 손길이
소리에 장단을 맞춰주는 것만 같다

옥상 하늘 정원에 모인 손님들
농부들을 바라보며 잔을 높이 든다.

호수는 청청하늘

청청하늘 바라보니
너무 푸르러 지쳐버렸다

흰 구름 한 점이 떠돌다가
호수로 내려와 백조가 되었다

짙푸른 물감의 호수에
유유히 떠다니는 백조

백조가 떠다니는 호수는
흰 구름 떠도는 청청하늘이다.

제 4 부
비우고
버려라

친구들을 불러서

며칠째 늙은이들 발길은 뜸하구나
내 몸도 칠십 고개를 넘고 보니
모든 것이 그전 같지 못하네 그려

생전에 다 나눠주고 가야하는데
아직은 남은 것이 조금은 있으니
다 나눠주고 가볍게 가려하네

오늘은 즐거운 자리 만들고
정들인 여러 친구들 불러서
먹고 마시고 정담을 나눠야지

정은 나눌수록 많아진다지만
가진 것도 그렇다고 생각하네
우리 친구들 영영 헤어지기 전에
좀 더 자주 만나서 정을 나누세나.

사기꾼 세상

했던 말도 안 했다 하고
아는 것도 모른다 하니
그것들은 누구란 말인가

끼리끼리 편을 나누고
나는 옳고 너는 그르다니
그런 것들도 사람이란 말인가

짐승들은 겉에 털이 났지만
그들은 가슴에 털이 난 짐승

보기는 멀쩡해도 속은 썩어
역겨운 냄새가 진동을 한다

그런 무리들은 저희끼리
서로 뜯어먹어도 잘도 살지.

말이란 것

사람은 일생을 살아간다지만
살아간다면 어디로 가는 것인가
간다면 천천히 돌아가는 길도 있고
빨리 갈 수 있는 지름길도 있다

발 없는 말도 천리를 간다고 한다
말이 가는 길도 여러 갈래가 있다
문틈으로 나간 말이 더 빨리 퍼지고
조각난 말이 더 큰 소문이 되니
말이 가는 길도 참 많은 것 같다

옳고 바른 말은 확성기로 해도
잘 알아듣지 못 하는 것 같은데
나쁘고 잘못된 말은 숨어서 해도
금방 커다란 소리로 퍼져나간다.

황산에 올라

석양에 물든 일흔 두 개 봉우리가
황금과 비취로 수놓은 그림이었다

마음을 다잡고 신발 끈을 고쳐 매고
1,640m 수직 절벽을 기어오르니
따라오는 이들이 발밑에 개미 떼였다.

눈 닿는 곳은 모두가 절경이라
비경은 관광객마저 다 먹어버려서
사람도 황산에서는 나무고 바위였다

여기는 어디나 신령이 사는 곳
사람이 와서는 안 되는 곳이다
가장 고귀한 영혼들이 모여 사는
극락정토가 바로 여기인가 한다.

＊ 1992년 8월 필자가 정상에 오르다

낙가사 가는 길

강릉 괘방산 등명낙가사길
청청하늘이 부처님 오신다고
하늘과 땅을 깨끗이 청소하였는가
유난히도 맑고 밝아 눈이 부신다

산천은 배추 빛으로 물들이고
산바람은 무리무리 몰려오는데
승용차는 겁도 없이 160㎞란다

박병창, 김양흠, 서영상, 지현경은
차속에서 현경법사賢鏡法師 이야기를 했다

이청우 큰 스님께서는 언제나
어질고 밝은 사람이 되라 하시며
참 사람이 되라는 멍에를 걸어주셨다.

* 2018. 5. 22. 낙가사 방문길에

비우고 버려라

스님께서 비우라 비우라 하시는데
무엇을 비우라는 것입니까?
욕심 버리라 버리라 하시는데
어디에다가 어떻게 버립니까?

이 몸은 빈손으로 태어났습니다
아무것도 가지고 오지 않았습니다
고운 마음으로 73년을 살았습니다

아버지가 낳아주시고
어머니가 길러주신 몸 받들며
부처님 말씀대로 살아왔습니다

그렇게 살아온 자리를
이제는 내놓으라는 것입니까?
부모님께 받은 이 몸을
이제는 버리라는 것입니까?

하루 종일 마음자리 하나 놓고
끊임없이 싸우고 있습니다.
내 마음 내가 알 수 있게
문을 활짝 열어 주십시오.

＊ 2018년 5월 21일 강원도 강릉시 강동면 괘방산길16 괘방산자락 등명낙
　가사 주지. 이청우 큰 스님께서 법명을 내리시었다.

이름 석 자

사람이 산다는 것은
길을 가는 것과 같은 것이네
멈추지 말고 뒤돌아 오지도 말고
앞만 보고 가야 하네

지나온 길 돌아보면 무엇 하나
돌아가 다시 걸을 수 없는 길
어제는 잊고 내일을 생각하세

가고 난 뒤 남게 될 이름 석 자
그 이름이 뒷사람의 길이 되고
가는 길을 밝히는 등불이면 하네.

돈과 권력

부러진 허리를 치료해도
몸은 새것이 될 수 없다
갖고 있던 욕심은 버려도
갖지 않은 것만 못 하다

재벌이 3대 지키기도
이런 일과 같은 것이다
잡으면 놓기 어려운 것이
돈이요 권력이요 명예이다

돈과 권력은 오래되면 썩고
욕심은 놓지 않으면
뜨거운 쇳덩이와 같아서
손을 데고 몸을 태운다.

진짜 참기름

참은 진짜라는 말이다
참기름이라면 진짜 기름이다
그런데 진짜 참기름은 무엇인가

가짜가 판을 치니 진짜도 못 믿어
참 참기름, 진짜 참기름이라 한다

세상이 요지경이라 참도 못 믿어
'참'에도 '참 참'이라 하다가
'진짜' '정말' '꼭 믿는' 까지 붙인다

진짜는 고치면 한동안은 쓰지만
가짜는 고쳐 봐도 고장뿐이다.
참을 믿는 세상은 어디 있는가?

기다림

그 모습과 목소리가 삼삼하네
목소리를 생각하면 아지랑이 같고
얼굴도 떠올리면 가물거리기만 하네

오고 간지도 몇 달이 지났는가
기억조차 흐려져 가네. 서영애 사장님

직업인가 사업인가 먹고살기 위함인가
고운 손발이 하루 종일 바쁘네

때놈들 똥은 개도 안 먹는다는데
거래처와 상대하기 얼마나 힘들까.

생일 메시지

6월 1일 지현경 72회 생일입니다
오전 10시 호경빌딩 앞에서 출발하여
강화도 김정록 의원 휴양지 별장에서 만찬 후
오후 4시에 돌아옵니다.

좋아하는 노래 몇 곡 준비해오세요.
앞으로 우리들에게 주어진 시간이
얼마나 더 남아 있겠습니까
남은 시간 기억 속에 담아 봅시다

가는 시간은 하늘만이 아는 것
바삐 살아온 날들은 지워져갑니다
물안개에 젖은 강화 햇볕 아래서
부처님 자비로 살아온 날들을
은혜롭게 생각하며 즐겨봅시다.

＊ 2018년 6월 1일(음력 4월 18일)

그리운 어머니

바다가 더 깊고 넓을까?
어머니 사랑이 더 깊고 클까?
어머니를 생각하면 나는
지금도 그 품에 강아지다

이제는 내가 살던 고향
그 차디찬 땅에 누워계시며
그날처럼 나를 생각하실까

더운밥은 나에게 주시고
찬밥만 잡수시던 어머니
고구마 한 개도
성한 곳만 골라 나를 주시고
나의 조그만 상처에도
가슴을 조이시던 어머니

그런 나를 두고 어떻게
혼자 떠나가셨을까
내 그리운 어머니.

늙은이의 날궂이

마음이 우울해지면 날이 흐리고
팔다리가 쑤시면 비가 오게 되니
나이를 먹으면 몸이 일기예보 한다

평생 피땀으로 땅바닥이나 파며
논과 밭에 운명을 걸고 살아서
몸이 곧 하늘이고 땅이 된 것을
금수저들이 어떻게 알겠는가

일생 동안 일에 닳고 녹아서
천근만근 무겁고 낡은 몸뚱아리
이제는 갈 곳이 병원 밖에 없네

늙었다 외면하니 오갈 데도 없고
백발이 성성하니 찾는 이도 없어
지팡이만 유일한 벗이 된 늙은이
어깨를 두드리며 날궂이나 하네.

플로체 식당

오리요리 전문집 플로체
음식도 좋고 경치도 좋아
보면 볼수록 명당이다

찾아오는 사람들마다
새로운 인연을 맺으니
얼마나 좋은 곳이냐

먹을수록 맛좋은 오리요리
한 번 와봤던 사람들은
절대 플로체를 못 잊는다

다음에 다시 오리라
오리를 먹으러 오리라
주인장도 친절하시니
또 오리라 다시 오리라.

묽은 기억들

묽은 기억들을 쌀에 뉘처럼 골라본다
세월은 갔지만 기억은 아직 살아있어
뽀얗게 먼지를 쓰고 부풀어 오른다

굶주림을 면키 위해 허덕이던 때는
어줍은 기억도 추억도 차버렸지만
나이가 들면서 눈귀가 어두워지니
버려진 쓰레기 더미를 뒤적거리듯
차버렸던 기억들을 찾게 되는구나

어린 날의 친구들과 술잔을 나누면서
잃어버린 기억들을 안타까워하면
"야! 너 그것도 몰라? 그때 말이야."
내가 버렸던 기억을 친구가 찾아준다

친구가 건네주는 아득한 기억 속에는
어린 시절의 고향 사람들 얼굴과
춥고 배고프던 서러운 추억만이
찢어진 그림처럼 너덜하게 떠오른다

나만을 생각하던 부모도 떠나가고
그 때의 친구들도 하나 둘 줄어드니
식은 밥을 눈물에 말아먹으며
넝마처럼 낡은 옷을 여미던 그 때가
다시금 그리워지는 것은 왜일까?

가 치

잘 생기고 못 배웠다고
천하게 여길 것인가

못생겨도 잘 배웠다고
더 자랑스러워 할 것인가

양 날개 두 팔 벌리고
주삿바늘이 꽂힐 때면

아프고 피나는 것은
어느 팔이나 똑같단다.

팔자대로 사는 것이여!

논밭이 많으면 농약 뿌리기 힘들고
자식들 많으면 학비 대기도 어렵지

관공서에 근무하면 행세를 하지만
도둑질 안 하고서는 집사기 어렵다

재주가 좋은 자는 출세해 기를 펴고
순진한 놈은 타고난 팔자대로 살지

집안이 좋은 자는 놀고도 잘 먹는데
어려운 자는 자고 나도 살 걱정뿐이다

세상사는 이치가 다 요런 것이니
모두 팔자대로 살아가는 것이여.

제5부
타박보다
격려

김양흠 선생님

살아온 길이 달라서
타향에서 만난 우리들

백년지기면 어떻고
천년지기면 무슨 상관이랴
이렇게 만남이 소중하지요

기쁜 일에는 함께 웃고
눈시울 적실 때면
손수건 하나 내밀면 족한 것을

사랑합니다. 김양흠 선생님
남은여생 즐기며 살아갑시다.

* 김양흠 선생님이 보내온 글

고향 길

모내기 끝자락에 달려간 450㎞
들에는 농부들을 볼 수가 없어
옛 고향의 모습은 찾을 수가 없다

부모님 묘지를 찾는 길에는
우거진 풀숲이 우리 앞을 막아서고
묘위에 억새풀은 불효를 꾸짖는다

서영상, 김양흠, 전봉운 친구들과
무성히 자란 풀을 벌초한 뒤에
술과 음식을 차려 놓고 절을 했다

벌초를 하고 내려오는 마을길에서
양파를 뽑는 아낙네들을 만났다
내가 인사를 하니 누구냐고 묻는다
서울로 간 지현경이라 해도 모른다

정남진 조형물이 바다를 막고 서서
우리를 보고 사진 한판 찍자고 한다

사진을 찍고 전망대로 올라갔다

커피 4잔을 시켜 넷이 마시며
다도해를 두루 살펴보고는 내려와
어두운 밤길 900㎞를 달렸다.
서울 도착 02시 여기가 내 집이다.

＊ 2018년 6월 8일 밤

물갈이를 해야

16년 굳은 논은 모가 안 자란다
오래 묵은 땅은 물갈이해야 한다

쟁기로 갈아엎어야 새 땅이 되고
땅이 새로워야 수확도 좋아진다

썩어가게 버려두었던 마곡들을
새롭게 갈아 꽃을 심어 가꾸듯

강서도 물갈이를 해야 한다
굳은 땅은 갈아야 건강해진다.

* N 4선 구청장 보면서

도둑의 세상

얻어먹고 훔쳐 먹다 못해서
후원금이란 이름으로 빼먹네

몰래 먹다가 배가 터져
방송에 이름이 나가 휘날려도

공직자의 매관매직賣官賣職은
부끄러운 일이 아닌가 보다

세상이 밝아졌다고 해도
어두운 곳은 더욱 어두워져

하늘도 그 잘못을 못 보나
천벌도 내리지 않는 세상이다.

병어 맛

맛도 좋다 병어 맛이
그야말로 최고로다

혼자 먹기 미안하니
다음에도 같이 먹자

새콤 달콤 시고 달아
맛이 정말 죽여준다

한 잔 두 잔 소주잔에
우리 모두 즐겁구나.

절구통 신세

소중하게 쓰던 화강석 절구통
마당에 두고 보리 찧어 밥 짓고
찹쌀 빻아 인절미도 빚어 먹고

우리 식구들 입맛을 위해
끊임없이 일을 해온 절구통이
이제는 외면당해 밀려났구나

올 데 갈 데 없어진 절구통을
골동품 상인이 가져가버렸다

잘생긴 놈은 전시장에 가앉고
부잣집 정원에도 놓이겠지만

다친 놈은 아무데나 버려지겠지
절구통도 늙고 병드니 서글프다.

찹쌀떡 소리

찹쌀떡, 찹쌀떡! 외치는 소리
마디마디 서러움을 토하고 있었다

그것은 추운 밤 외로움을 외치는
배고픔을 호소하는 울음소리였다

밤하늘에 별빛은 반짝거리는데
거리에 가로등도 환히 빛나고 있다

찹쌀떡, 찹쌀떡! 외치는 소리는
싸늘하고 우울한 어두움이었다

오늘 밤도 골목 골목을 누비면서
부엉이 울음처럼 슬픈 그 소리.

이를 어쩌랴

글을 쓰려니 잡히지가 않는다
멀리서 노려보는 글을 잡을려도
꼬리조차 잡히지 않고 빠져버린다

개미들도 페로몬이 이끄는 대로
가족을 구별하고 길을 찾는데
글을 아는 내가 글길을 못 찾는다

이리 쓰고 저리 적어 봐도
글머리는 고사하고 꼬리조차도
손에 닿지를 않으니 이를 어쩌랴.

본래 잡석이었네

사람은 속을 보고 가리라고 했는데
알지도 못한 그를 처음 만나서도
귀한 인연이라 생각하고 감사했네

한 인간 만남도 영겁의 인연이라니
이것도 부처님의 가피라 생각하고
신뢰하고 사심 없이 도와주었었네

그는 마음을 숨기고 욕심을 부렸네
떠돌던 사람을 손을 잡아 도왔는데
결국에는 자기 배만 채우고 돌아섰네

매만지면 쓸모 있는 돌일까 했는데
그는 본래부터 버려진 잡석이었네
사람의 됨됨이를 어떻게 알겠는가.

* N 구청장을 보면서

김삿갓면에서

김삿갓면 면장 김진문님은
일에 지친 육신을 끌고 가는데
저녁노을이 앞길을 곱게 물들이네
도시는 휘황찬란한 불야성에서
춤추고 있고
일당 몇 푼의 날품팔이는
맥이 빠졌다

여기는 찬란한 별빛 속에
잔잔한 골짝이물 소리가 흐르고
금수저도 날품팔이도 없는 깊은 산골이
모두가 하나인 평화로운 곳이네
저무는 노을빛을 바라보면서
행복하게 사는 길을 찾아가보니
여기가 바로 부처님 땅인가 하네.

타박보다 격려

하는 일도 묻는 말에도
타박만 하고 있는 사람

옳은 일도 바른 말도
그르다고만 보는 사람

타박만 하면 어쩌나
불평만 하면 뭐하나

해결할 수 있는 일은
걱정할 필요가 없고

해결할 수 없는 일은
걱정해도 소용없다

타박보다 격려를 하고
불평보다 칭찬을 하자.

시치미

몸뚱이는 무거워서
담장도 넘지 못하는데

마음은 무게가 없어
만 리라도 가볍게 간다

잘 닦은 명경같이
바르게 보라했는데

잡배들이 제멋대로
금지된 담장을 넘고

옳고 바른 것도
비뚤게만 바라본다

대문을 열고 보면
다 알게 된 일인데도

담장 안에 숨겨놓고
시치미만 떼고 있다.

쥐 한 마리

쥐 한 마리 잡으려니
장독 깰까 걱정이다

아무데나 들쑤시며
지원금도 공사대금도
닥치는 대로 파먹는다

빈손으로 들어왔지만
너무 먹어 만삭인 쥐

새끼까지 불어나니
걱정만 더해간다.

명 시

마음 고운 사람들은
지는 달을 보고
임을 그리워하는데

마음 흐린 사람들은
지는 달을 보고
어두움을 걱정한다

능소화를 보면서

늙은이 눈에는 꽃은 꽃이지만
젊은이 눈에는 꽃이 님이란다
눈은 같아도 사람 따라 다르다

늙은이에게 능소화는 꽃이지만
젊은이에게는 소녀의 넋이란다
사람에 따라서 다르게 보인다

마음은 누구에게나 하나지만
사람 따라 생각 따라 다르니
한 마음이 두 마음을 다스린다.

입자추적

해묵은 글 몇 자 들여다보니
풀잎도 사람 피부 같다고 하신
성철 스님 법문이 눈에 들어왔다

1994년 멕시코 사회안전연구소
약초전문학자 하비에르소야 박사와
미식학자 이그나치오 마드라소 박사가
식물세포를 쥐에다 이식하여
동물세포로 만드는데 성공하였다

과학자가 아닌 성철 스님께서
어떻게 이런 이치를 스스로 아셨을까?
그 어려운 물리학의 입자추적을
성철 스님은 이미 알고 계셨나 보다.

진실한 사람

오래된 낡은 다리 그냥 두면
언젠가는 건너갈 수가 없게 된다

모판을 손질해 두지 않으면
온갖 잡풀과 피만 무성해진다

고향우물에 침 뱉고 떠난 자는
유골도 고향 땅은 거부할 것이다

근본이 천하면 금덩이만 보이고
가문이 좋으면 사람이 진실하다.

한 길에 서서

초판 인쇄 · 2019년 4월 5일
초판 발행 · 2019년 4월 19일

지은이 ㅣ 지현경
펴낸이 ㅣ 서영애
펴낸곳 ㅣ 대양미디어

출판등록 2004년 11월 제 2-4058호
04559 서울시 중구 퇴계로45길 22-6(일호빌딩) 602호
전화 ㅣ (02)2276-0078
팩스 ㅣ (02)2267-7888

ISBN 979-11-6072-042-6 03810
값 13,000원

＊지은이와 협의에 의해 인지는 생략합니다.
＊잘못된 책은 교환해 드립니다.

이 도서의 국립중앙도서관 출판예정도서목록(CIP)은 서지정보유통지원시스템 홈페이지
(http://seoji.nl.go.kr)와 국가자료공동목록시스템(http://www.nl.go.kr/kolisnet)에서
이용하실 수 있습니다.(CIP제어번호 : CIP2019012988)